OBJETS D'ART

ET DE

BEL AMEUBLEMENT

DES XVIe ET XVIIIe SIÈCLES

COLLIERS DE PERLES

PARIS. — IMPRIMERIE DE L'ART
E. MÉNARD ET Cie, 41, RUE DE LA VICTOIRE

CATALOGUE

DES

OBJETS D'ART

ET DE

BEL AMEUBLEMENT

Des XVIᵉ et XVIIIᵉ siècles

Groupes et Figurines en vieux Saxe — Porcelaines de la Chine et du Japon, montées et non montées

Bronzes — Émaux — Faïences — Cuivres et Fers ouvrés

ARGENTERIE ANCIENNE ARTISTIQUE ET DE TABLE

Statue en marbre : « Ceinture dorée » de d'Épinay

Tableaux anciens et modernes — Gravures — Dessins

Très beaux Meubles en bois sculpté de la Renaissance

Piano de Herz — Commodes et Tables ornées de bronzes

Riches Tentures brodées — Tapisseries

BEAU COLLIER DE SEPT RANGS DE PERLES

Autre Collier d'un rang de perles — Bracelet perles et brillants

Éventails — Dentelles

LIVRES, RICHES RELIURES

Appartenant à Mme VALENTINE BIRON

ET GARNISSANT SON HOTEL

Où la vente aura lieu

11, RUE D'OFFÉMONT, 11

PLACE MALESHERBES

Les Mardi 26, Mercredi 27, Jeudi 28, Vendredi 29 et Samedi 30 Mars 1889

A DEUX HEURES

Par le Ministère de Mᵉ GEORGES BOULLAND, commissaire-priseur

26, rue des Petits-Champs, 26

Assisté

Pour les Objets d'art, de

M. A. BLOCHE

EXPERT

25, rue de Châteaudun, 25

Pour les Livres, de

M. A. DUREL

LIBRAIRE-EXPERT

21, rue de l'Ancienne-Comédie, 21

Chez lesquels on trouve le présent catalogue.

EXPOSITIONS

Particulière : Les Samedi 23 et Dimanche 24 Mars 1889

Publique : Le Lundi 25 Mars 1889, de 1 heure 1/2 à 5 heures 1/2

NOTA. — L'Hôtel est à vendre. — Les permis de visiter se délivrent chez Mᵉ G. Boulland et chez M. A. Bloche.

CONDITIONS DE LA VENTE

Elle sera faite au comptant.

Les adjudicataires payeront *cinq pour cent* en sus des enchères applicables aux frais.

L'exposition mettant le public à même de se rendre compte de l'état des objets, il ne sera admis aucune réclamation une fois l'adjudication prononcée.

L'ordre des vacations sera indiqué aux expositions.

Désignation des Objets

PERLES — BIJOUX

1 — Très beau collier de sept rangs, composé de quatre cent soixante-quatre perles pesant 1,500 grains, avec riche fermoir composé d'une perle et de quatorze brillants.

2 — Joli collier d'un rang, composé de cinquante-cinq perles pesant 384 grains.

3 — Beau bracelet chaîne enrichi de deux grosses perles poires, l'une blanche, l'autre noire, avec coulant et calottes en brillants.

4 — Plume en or enrichie d'une perle.

5 — Étui en ivoire monté en or, du temps de Louis XVI.

6 — Statuette : Joueur de biniou, en argent doré et bronze, enrichi de deux grosses perles baroques.

7 — Belle boucle en chrysolites, monture argent. Époque Louis XVI.

8 — Souvenir en vernis Martin vert, monté en or, offrant d'un côté un émail à sujet champêtre, et de l'autre un médaillon avec initiales. Époque Louis XVI.

9 — Très belle miniature : Portrait de Lord Byron.

10 — Petit tire-bouchons en argent ciselé. Époque Louis XV.

11 — Clef en argent ciselé, au chiffre royal, avec cariatides ailées soutenant la couronne de France.

12 — Sept pièces de monnaies anciennes en argent

13 — Six jetons de lansquenet, en argent.

14 — Quatre paires de boucles anciennes, de différentes formes et grandeurs, en stras, montées en argent. Époque Louis XVI.

15 — Deux petites brosses anciennes, dessus en nacre gravée, monture argent.

16 — Ceinture circassienne en argent niellé.

17 — Coffret à bijoux en argent.

18 — Bague ancienne enrichie d'une rose jaune et entourée de roses blanches.

19 — Bague enrichie de brillants montés en forme de rosace.

VESTIBULE

20 — Deux panneaux en ancienne tapisserie d'Aubusson, représentant *le Départ pour la chasse* et *la Chasse au sanglier*, avec cavaliers, piqueurs et sonneurs de trompe, en costumes Louis XV, suivis de meutes de chiens dans des paysages accidentés. Bordures à guirlandes de fleurs.

21 — Décoration de la porte d'entrée composée de grandes portières en velours bleu, avec garnitures en passementerie multicolore. Le bandeau est en tapisserie à fleurs.

22 — Deux grandes colonnes en chêne sculpté, cannelées, surmontées de chapiteaux. XVIIe siècle.

23 — Décoration de baie formée par une ancienne tapisserie, représentant une scène de festin royal, avec bordure à fleurs, fruits et ornements, encadrée de velours bleu et garnie de franges à glands, relevée par une grosse cordelière.

24 — Décoration de porte formée par une ancienne tapisserie à personnages : Reine et Archange, avec bordure à guirlande de fleurs, encadrée de velours bleu, garnie de franges pompons, et relevée par une grosse cordelière. Les bandeaux et les pentes de ces deux décorations de portes sont pris dans les bordures des tapisseries, qu'elles compléteraient facilement si on voulait les transformer en tenture murale.

25 — Portemanteau et parapluie en chêne sculpté, travail en partie gothique, représentant des dessins à ogives fleuronnées avec écussons ; patères, forme dauphins, en cuivre poli.

26 — Petit meuble en bois sculpté, s'ouvrant à deux portes superposées, avec médaillons à figures allégoriques couchées, montants à cariatides de femmes et fronton à cartouche armorié surmonté d'une tête de lion. Style Renaissance.

27 — Escabeau gothique en bois sculpté, offrant sur le devant, sur les

côtés et au dossier des dessins en ogive ; le bas s'ouvre et forme armoire.

28 — Deux escabeaux en bois sculpté, pieds en forme d'X, couverts en cuir, garnis de clous de cuivre. Style Renaissance. Travail de Drouart.

29 — Jolie lanterne en cuivre finement découpé à jour, dessin à enroulements fleurdelisés. Style Renaissance. Travail de Bergue.

30 — Deux vases cylindriques en ancienne faïence de Castel-Durante, décor palmes et fleurs sur fond bleu.

31 — Deux plats ronds de Delft, décor bleu.

32 — Quatre cache-pots en porcelaine du Japon, décor bleu sur blanc.

33 — Tapis de Smyrne, fond rouge, dessin vert, couvrant huit marches, bordé de moquette rouge unie.

SALON

34 — Magnifique décoration de baie composée de deux grands rideaux, l'un en broderie de soie persane, représentant des cavaliers, des personnages, des fleurs, des aigles et des arabesques, encadré de velours rouge ; l'autre tout en velours rouge : tous les deux garnis de passementerie et de franges rouge et jaune d'or. Au-dessus se détache un bandeau en ancienne tapisserie, représentant des amours dans les airs tenant une guirlande de fruits ; avec embrasses formées de grosses cordelières assorties. (Sera divisée.)

35 — Décoration de porte formée par une tenture en ancien damas de soie rouge relevée à l'italienne.

36 — Magnifique décoration de baie composée d'une cantonnière en ancienne tapisserie, représentant, au fronton, un amour entre un aigle et un lion, des satyres et des guirlandes de fruits. Le montant de droite présente une figure allégorique de Pomone, un amour décochant un trait, et, au-dessus, un autre amour jouant avec un satyre. Le montant de gauche offre un homme debout portant des fruits, un amour lançant un trait, et, au-dessus, deux femmes tenant des guirlandes de fruits.

Composition rare et intéressante, d'un bel effet décoratif et en bon état de conservation. Cette cantonnière est bordée d'une frange multicolore. La décoration de la baie se complète par deux grandes portières en velours rouge garnies de passementeries assorties relevées par de grosses cordelières à glands.

37 — Deux décorations de colonnes de la cheminée et le bandeau en velours de Gênes fond d'or : grandes fleurs en rouge. xvie siècle.

38 — Beau bandeau ou devant d'autel en soie rouge, orné de riches broderies de la Renaissance, représentant des vases de fleurs, des rinceaux feuillagés et l'écusson de la famille des Colonna, au centre ; la bande du haut offre une suite d'arabesques lobées avec des colonnes surmontées de couronnes.

39 — Fauteuil en bois sculpté, dessin à fleurs et moulures contournées,

époque Louis XIV, couvert d'ancienne brocatelle fond rouge tissée d'or, avec bande en velours rouge brodé à ornements et feuillages lobés de la Renaissance.

40 — Petit canapé couvert en peluche vieux vert ornée de broderie ancienne en soie multicolore, dessin à fleurs, feuillages et rinceaux, avec franges assorties.

41 — Chaise en bois sculpté, foncée de canne dorée. Époque Louis XIV.

42 — Piano en bois d'ébène gravé, de Henri Herz neveu.

43 — Dessus de piano en satin vieux rose, orné de broderies de soie blanche Louis XVI.

44 — Bande lambrequinée tout en broderie ancienne, formant dessus de piano.

45 — Beau paravent à quatre feuilles en soie ancienne fond crème brochée à fleurs et rinceaux, gainé de peluche vieux rose et encadré de passementerie assortie.

46 — Tabouret en noyer contourné, pieds avec traverse, couvert en tapisserie au petit point, bandeau en peluche vieux vert. Style Louis XIII.

47 — Jolie petite table-support à quatre pieds ralliés par un gracieux croisillon cintré en bois satiné, orné de bronzes ciselés et dorés, avec tablette sur le devant ; dessus en marbre vert d'Égypte. Style Louis XVI.

48 — Table rectangulaire en bois noir, richement décorée de marqueterie de bois naturel ; bordure avec incrustations d'ivoire ; pieds ralliés par un croisillon. Style Louis XIII.

49 — Tapis de table en peluche rouge avec encadrement de broderie de soie ancienne, dessin à fleurs, bordé d'une passementerie assortie, doublé de soie.

1205 50 — Bibliothèque en noyer sculpté, s'ouvrant à deux portes garnies de glaces dans la partie haute, offrant sur les battants, en bas-relief, des accouplements d'enfants à corps de dauphins sur des bouquets de

grands feuillages ; les montants, en forme de cariatides, se terminent par des chutes de fleurs suspendues à des nœuds de ruban. Le bandeau frontal présente des figures d'enfants et des arabesques. XVIe siècle.

51 — Petit paravent à deux feuilles en noyer, garni en haut d'ancien brocart à fleurs fond rose.

52 — Écran en noyer sculpté, fronton à coquille et enroulements, panneau en ancienne tapisserie à médaillons de fleurs sur fond blanc, encadrement, fond vieil or, à ornements. Époque Louis XIV.

53 — Petite table en bois sculpté et doré, dessus en marbre brocatelle. Style Louis XVI.

54 — Petit tapis de table en soie rose épinglée brochée à fleurs, époque Louis XVI, garni de franges assorties.

55 — Deux colonnes cannelées monumentales en chêne sculpté, surmontées de chapiteaux. Époque Louis XIII.

56 — Crédence-vaisselier en noyer sculpté, style Renaissance, avec fronton à voussure, offrant plusieurs étagères à balustrades ajourées, avec portes représentant en bas-relief des têtes de Mars et de Minerve au milieu d'arabesques, les montants à dessin raphaélesque, supportés par des groupes de diables terrassant des chimères. Travail de Drouart.

57 — Colonne-support en noyer rehaussé d'or, forme torse. Louis XIII.

58 — Table avec étagère, forme à pans, coupée et surbaissée, en noyer orné d'appliques de cuivre, dessus en velours rouge.

59 — Curieuse jardinière en cuivre, avec grand blason en argent, dessin rocailles, anses à têtes de lions avec anneaux mobiles, sur un support en fer forgé à tige torse, autour de laquelle se rallient d'élégants rinceaux feuillagés. Époque Louis XIV.

60 — Escabeau en noyer, couvert en ancien velours rouge, avec croix au dossier et fleur de lis sur le siège. XVIe siècle.

61 — Beau coussin carré en satin crème, orné de riche broderie à rosace

de fleurs et de feuillage en soie de diverses nuances. Travail ancien et réappliqué. Dessous en soie rose.

62 — Coussin en ancien velours de Gênes fond jaune d'or, dessin rouge, dessous en damas rouge, garni de franges de soie assorties.

63 — Petit coussin long en ancien velours de Gênes fond jaune d'or, dessin rouge, dessous en peluche rouge.

64 — Coussin carré en ancien brocart d'argent, dessin grands ramages, dessous en damas rouge.

65 — Petit coussin long en ancienne broderie à fleurs sur fond de soie bleu pâle, dessous en damas rouge.

66 — Petit coussin long en ancienne broderie portugaise, dessin arabesques de fleurs, dessous en satin ton bronze.

67 — Petit coussin rond en ancien velours rouge, garni de dentelle d'argent, orné d'une armoirie.

68 — Coussin carré en peluche saumon, dessus en guipure de Venise.

69 — Très belle statue en marbre : *Ceinture dorée*, de d'Épinay.

70 — Paire de beaux bras d'appliques à trois lumières, en bronze doré, forme Louis XV, à rocailles très contournées se terminant en chutes de fleurs.

71 — Jolie lampe formée par un vase, en vieux Japon polychrome, à paysage fleuri animé d'oiseau ; monture en bronze ciselé et doré à ornements et feuillages très en relief. Style Louis XIV.

72 — Beau bronze : la Chute d'Icare, par Ferrat ; socle en velours rouge.

73 — Vase en vieux Chine, famille rose, décor à fleurs et oiseaux.

74 — Aiguière en émail de Limoges, décor représentant un camp au Moyen-Age, des armoiries et des dessins raphaélesques en couleur rehaussée d'or.

75 — Paire de girandoles formées de lions en faïence, décor à rehauts d'or, portant des bouquets en cuivre à cinq lumières ; socles en velours rouge.

76 — Belle jardinière en faïence de Deck, décor à arabesques de fleurs, anses à têtes d'éléphants.

77 — Deux potiches avec couvercles en vieux Chine, décor à cortèges de mandarins en bleu sur blanc.

78 — Deux grands et beaux chenets en bronze Renaissance, à figures de Vénus et de Jupiter debout sur des vasques enguirlandées, avec pieds à griffes de lions, et supportées par des motifs à mascarons fantastiques soutenus par des dauphins.

79 — Vase à panse sphérique en ancienne faïence de Castel-Durante, offrant des médaillons à bustes de personnages.

80 — Très belle cassolette en vieux Chine, décor par compartiments à fleurs ; riche monture en bronze doré. Louis XVI.

81 — Paire de girandoles à sept lumières en bronze ciselé et doré, modèle élégant, fuseau cannelé à guirlandes, rinceaux ornés de feuillages, le tout garni de pendeloques en cristal de roche. Louis XVI.

82 — Joli groupe en bronze : *L'Amour à la lyre enguirlandée de fleurs*, partie dorée ; monture bronze doré. Style Louis XVI. 1000

83 — Deux vases cylindriques en ancienne faïence de Castel-Durante, décor fleurs et feuillages polychrome.

84 — Deux potiches avec couvercles, de Delft, décor à médaillons, paysages en bleu sur blanc.

85 — Potiche avec couvercle, de Delft, décor bleu sur blanc, partie en relief.

86 — Coupe en vieux Saxe, décor à fleurs et oiseaux dans le goût chinois ; monture en bronze doré. Style Louis XVI.

87 — Braséro formant jardinière, en cuivre poli, supportée par trois pieds à griffes de lion et mascarons. XVIIe siècle.

88 — Deux jolis bols en vieux Saxe, marque d'or, offrant des médaillons à paysages au bord de fleuve, animés de nombreux personnages ; monture en bronze doré.

89 — Paire de flambeaux en bronze ciselé et doré, fuseaux tors avec bordures à guirlandes de fleurs, feuillages et raisins. Louis XVI.

90 — Deux petites statuettes en bronze, représentant des enfants se chauffant : allégories de l'Hiver, sur socles en marbre. Époque Louis XVI.

91 — Belle miniature ronde sur ivoire : Portrait de jeune femme aux longs cheveux blonds tombant sur les épaules nues. Attribuée à *Rosalba*. Cadre en bronze.

92 — Miniature ovale sur ivoire : Jeune Femme regardant sa gorge qu'elle découvre coquettement : jolie peinture en grisaille de *Klingstedt*. Cadre en bois noir.

93 — Jardinière carrée en bronze ciselé et doré, décor à guirlandes de laurier. Style Louis XVI.

94 — Statuette en bronze vert : le Silène, support.

95 — Lampe en grès japonais et émaillé partie en couleur, monture en bronze doré.

96 — Deux jardinières en ancien émail cloisonné d'Extrême-Orient, montées en bronze doré, pieds à têtes d'éléphants.

97 — Cassolette avec couvercle en ancienne porcelaine de Saxe, décor à cartels de fruits et rocailles partie fond vert d'eau et rehaussés d'or.

98 — Seau en ancienne porcelaine de Vienne, forme élégante à contours, bordure gaufrée à coquilles, décor à fleurs.

99 — Jardinière forme éventail, bords décor à fleurs, panse quadrillée à jour, en ancienne porcelaine de Frankenthal.

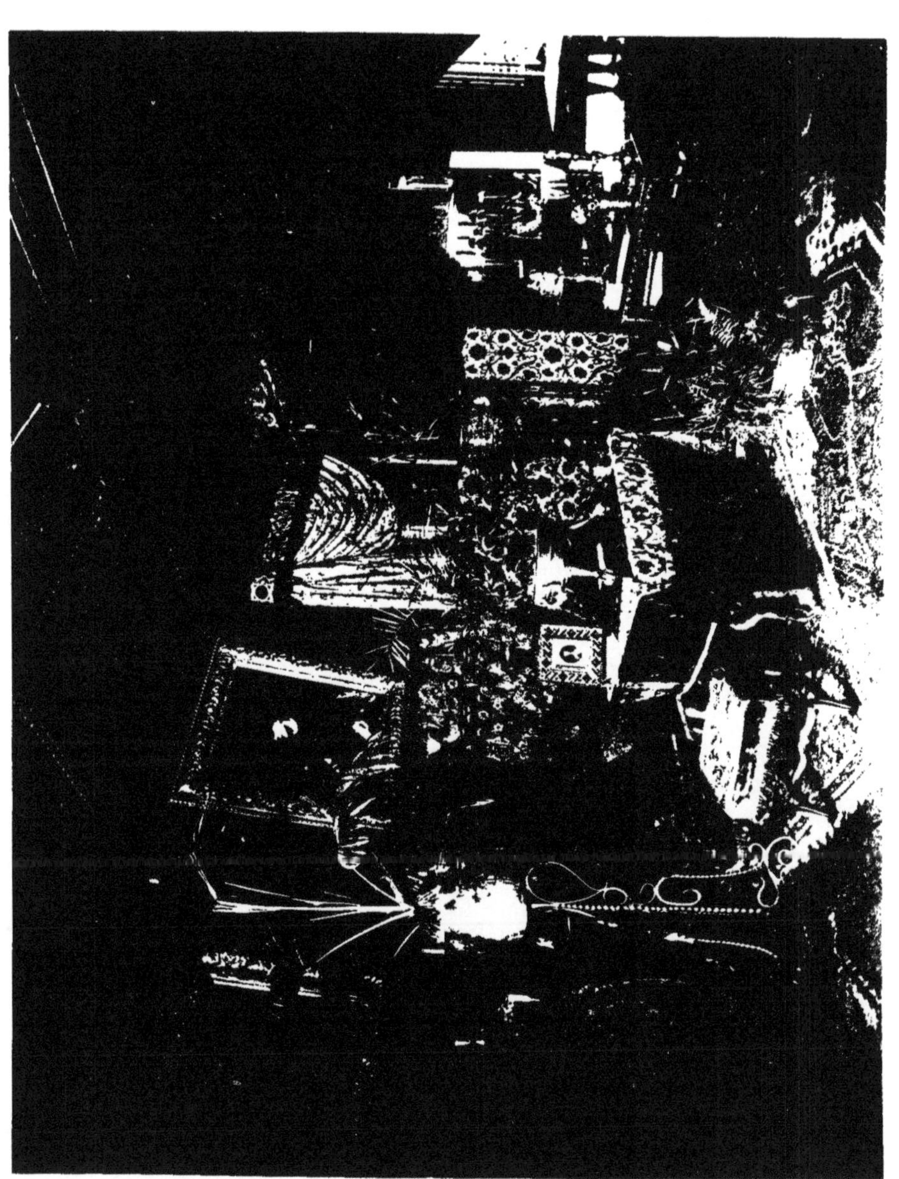

100 — Poudrière en ancienne porcelaine de Ludwigsburg, décor à fleurs.

101 — Pot a crème en vieux Frankenthal, décor à fleurs.

102 — Corbeille en vieux Saxe, décor vannerie et fleurs, anses à têtes de satyres.

103 — Vase en vieux Chine, famille rose, décor à fleurs; monture en bronze doré.

104 — Plat en vieux Berlin, décor à fleurs, bordure partie à jour.

105 — Assiette en vieux Saxe, décor à fleurs, bordure fond violet et or.

106 — Compotier en vieux Saxe, décor vert et or à fruits et rocailles.

107 — Assiette de Vienne, décor : Scène de buveurs, bordure à rehauts d'or.

108 — Deux petits seaux en argent repoussé, forme rocaille, à côtes tournantes et jetées de fleurs. Style Louis XV.

109 — Trois cuillères anciennes en argent de formes variées.

110 — Quatre petites cassolette anciennes en argent.

111 — Agrafe de manteau en vermeil repoussé et ciselé, avec chainettes.

112 — Deux plaques de ceintures en argent hollandaises.

113 — Très petit brule-parfums en bronze ciselé du Tonkin, décor à figures.

114 — Bonbonnière en écaille, dessus en mosaïque : Vue d'Italie.

115 — Montre en cuivre repoussé et doré. Époque Louis XV.

116 — Boitier de montre en argent repoussé. Époque Louis XV.

117 — Petite cassolette en vermeil, enrichie de turquoises.

118 — Petit brule-parfums en bronze japonais, patine noire tachetée d'or.

119 — Camée ancien : Profil d'Apollon, monté en cachet en or émaillé.

120 — Broche or avec peinture grisaille : Sujet mythologique.

121 — Paire de boutons de manchettes en porcelaine tendre, décor à fleurs.

122 — Cachet en argent.

123 — Statuette de Bacchante couchée en plâtre teinté, terre cuite.

124 — Grand vase en argent repoussé, décor à fleurs et feuillages. Époque Louis XIII.

125 — Coupe a déguster en argent repoussé.

126 — Plat ovale en argent repoussé, sujet au centre, bordure à fleurs. Époque Louis XIII.

127 — Sucrier rond avec couvercle en vermeil ciselé, décor à guirlandes de laurier et festons de rubans. Époque Louis XVI.

128 — Petite jardinière ovale, forme lobée, en argent. Époque Louis XIV.

129 — Petite écuelle en argent, à anses forme coquilles, avec couvercle. Époque Louis XV.

130 — Coupe a déguster en argent, forme saucière.

131 — Petit vase en argent repoussé, décor rocailles. Époque Louis XV.

132 — Encrier de Saxe, décor rouge et or.

133 — Sept coussins en soierie et velours anciens brodés. (Seront vendus séparément.)

134 — Buvard avec reliure en velours rouge, orné d'une belle armoirie brodée en haut-relief en argent, vermeil et soie.

135 — Deux grands et beaux fauteuils en noyer sculpté, dossiers à frontons style Renaissance, bras se terminant en têtes fantastiques, dessus en tapisserie au point.

136 — Belle bergère en noyer sculpté et rehaussé d'or, couverte en velours de Gênes avec coussin, dessin à parterre de fleurs polychrome sur fond crème.

TABLEAUX

JACQUET

137 — **Très beau Portrait de femme.**

Coiffée d'un grand chapeau à plumes, en robe bleu saphir, assise dans un fauteuil de brocart, avec une draperie négligemment jetée.

Belle facture.

Signé.

BOURGUIGNON

138 — **Choc de cavalerie à l'entrée d'un village.**

Signé.

PALIZZI

139 — **Chèvres et moutons.**

Signé.

ORTMANS

110 — **Ruisseau et rochers; intérieur de forêt.**

Signé.

ÉCOLE DU XVIe SIÈCLE

111 — **Beau Portrait de jeune seigneur.**

En riche costume garni de fourrure, la main gauche appuyée sur la garde de son épée.

Il est placé dans le trumeau de la cheminée.

SALLE A MANGER

142 — Décoration de baie formée par deux grandes portières, en velours vert péridot, dessin à fleurs ciselé, relevées par des cordelières avec glands, complétées par une draperie, garnies de franges et doublées de soierie rouge.

143 — Décoration de baie en même étoffe, composée de deux rideaux et d'un bandeau.

144 — Belle décoration murale, en ancienne tapisserie représentant des cortèges et des chars de triomphes, compositions de nombreux petits personnages dans des paysages boisés et accidentés. Époque Renaissance.

145 — Beau meuble-dressoir en bois sculpté de la Renaissance, offrant, sur la façade s'ouvrant à deux portes, des figures de femmes portant des corbeilles de fleurs et de fruits, avec des aigles de chaque côté et posant sur de grandes fleurs épanouies. Il est supporté par des pilastres surbaissés. La partie supérieure pose sur des colonnes cannelées et offre comme panneau de fond une importante composition allégorique à l'histoire de Judith.

146 — Très beau dressoir en bois sculpté, supporté par des colonnettes cannelées couronnées de chapiteaux, avec magnifique panneau de fond offrant, en haut-relief sous des arcades, des scènes à nombreuses figures tirées du Nouveau Testament et, au-dessus, une frise représentant la Cène. Le panneau de fond, en bas, offre en bas-relief : une scène de l'histoire d'Adam et Ève, le Christ en croix pleuré par les saintes femmes et le Sacrifice d'Abraham. XVIe siècle.

147 — Grande table rectangulaire à quatre allonges, en noyer sculpté, avec piètements à pilastres et balustres. Style du XVIe siècle.

148 — Table en chêne sculpté avec tiroir. Style Louis XIII.

149 — Grand fauteuil en bois sculpté, dessin à coquilles, couvert en cuir repoussé à armoiries, époque Louis XIV, avec coussin en peluche à armoirie.

150 — Tapis de table en ancien damas de soie rouge, avec bande formant encadrement en broderie de la Renaissance.

151 — Petit tapis en ancien damas de soie rouge.

152 — Tapis oriental couvrant la salle à manger.

153 — Deux dessus de dressoirs en ancien damas rouge.

154 — Six chaises en bois sculpté, couvertes de jolies tapisseries du temps de Louis XIII, représentant des médaillons à sujets allégoriques encadrés de fleurs, dessus garnis de velours vert péridot à fleurs.

155 — Paravent à quatre feuilles en cuir dit de Cordoue, fond vert, dessin en haut-relief, à rehauts d'or et de couleur, représentant des oiseaux, des écrans, des fruits et des fleurs grand style Louis XIV, bordé de peluche rouge et gainé de brocatelle verte et jaune.

156 — Deux colonnes cannelées en chêne sculpté, surmontées de chapiteaux. Époque Louis XIII.

157 — Paire de lampes formées de vases en bronze japonais, offrant en bas-relief des dragons, des tortues et des oiseaux.

158 — Deux vases de Vienne, décor paysages en bleu, rouge et or.

159 — Plat de Furstemberg, à bords gaufrés, décor à guirlandes de fleurs.

160 — Assiette de vieux Saxe, bords gaufrés à ornements, décor à fleurs.

161 — Assiette de vieux Saxe, décor à armoiries, fleurs et insectes.

162 — Deux plats en étain gravé, à armoiries.

163 — Cinq assiettes en vieux Saxe et en vieux Chine.

164 — Plat long en vieux Chine, décor bleu, rouge et or.

165 — Plat en faïence de Marseille.

ARGENTERIE

166 — Très belle fontaine en argent finement ciselé, forme vase armorié, avec anses à têtes de fleuves, couronnée par un cygne. Époque Empire.

167 — Belle aiguière avec cuvette en argent ciselé, décorées d'amours sur des coursiers lancés au galop, de mascarons et de guirlandes de feuillages. Époque Empire.

168 — Paire de grands et beaux candélabres à trois lumières en argent, modèle à rocailles et rinceaux très contournés. Travail anglais du temps de Louis XV.

169 — Très beau et grand seau à fleurs en argent repoussé et ciselé à godrons feuillagés, gorge à tore de lauriers, anses à branchages. Travail vieux Paris. Époque Louis XVI.

170 — Aiguière et bassin en argent, à panse côtelée, bordure à petits godrons.

171 — Joli vidrecome en argent repoussé, représentant le Jardin terrestre avec Adam et Ève ; couvercle décoré de figures de chérubins et de fleurs, avec lion héraldique ; à l'intérieur, un blason gravé. Époque Louis XIII.

172 — Vidrecome en argent repoussé, décor à fleurs. Époque Louis XIII.

173 — Deux beaux plats en argent repoussé, décor à fruits et arabesques de fleurs. Époque Louis XIII.

174 — Plat ovale en argent, large bordure à arabesque de fleurs, travail au repoussé. Époque Louis XIII.

175 — Gobelet en argent repoussé, représentant Diane et Apollon dans un paysage. Époque Louis XIV.

176 — Poudrière a sucre en argent ciselé, décor à guirlandes de fleurs. Époque Louis XVI.

177 — Poudrière a sucre en argent repoussé, décorée de fleurs et d'enroulements. Époque Louis XV.

178 — Boite a thé en argent repoussé, décor à côtes tournantes et rocailles. Époque Louis XV.

179 — Bel huilier en argent ciselé et repoussé, décor à guirlandes et nœuds de rubans attachés à des gaines surmontées de feuilles. Au milieu s'élève une colonnette surmontée d'un vase enguirlandé de laurier. Travail français de l'époque Louis XVI.

180 — Grande aiguière avec bassin en argent doré, en partie guilloché, richement gravé et ciselé, avec anse formée d'une figurine de nymphe debout, ornée d'écussons avec nœuds de rubans. Travail moderne.

181 — Jolie corbeille à fleurs en argent repercé et ciselé, dessin à rocailles et feuillages. Époque Louis XV.

182 — Joli sucrier en argent gravé et ciselé, décor à guirlandes et écussons, pieds à rocailles, couvercle surmonté de fraises et de feuillages. Époque Louis XVI.

183 — Beau service de douze fourchettes et douze couteaux avec manches en argent, dessin à panaches enroulés, dans sa gaine en bois de violette, garnie de velours rouge avec galons argentés. Époque Louis XV.

184 — Cafetière en argent repoussé, modèle à côtes tournantes et feuilles de choux. Travail de la maison Odiot.

185 — Moutardier en argent repoussé, modèle à côtes tournantes et rocailles fleuronnées. Époque Louis XV.

186 — Soupière ronde sur piédouche en argent, avec anse, décorée de feuillages, bordure ciselée. Époque Empire.

187 — Légumier en argent, même modèle. Époque Empire.

188 — Légumier avec double fond et couvercle en argent.

189 — Grand bol à sucre, forme lobée, pied ajouré en argent.

190 — Ravier forme coquille en argent. Style Louis XV.

191 — Quatre aiguières en cristal, montures en argent en forme de ceps de vigne.

192 — Saucière sur plateau adhérent en argent. Style Louis XV.

193 — Grande coupe ronde à deux anses formée de cariatides en argent repoussé, décorée de guirlandes de fleurs. Travail anglais.

194 — Boite à sucre à charnière, en argent repoussé, décor à rocailles feuillagés. Époque Louis XV.

195 — Petit sucrier en argent gravé, décor à guirlandes de fleurs et de feuillages. Travail vieux Paris du temps de Louis XVI.

196 — Petite cafetière en argent repoussé, modèle côtes tournantes. Travail vieux Paris. Époque Louis XVI.

197 — Chocolatière en argent uni vieux Paris. Louis XVI.

198 — Petite cafetière tripode en argent uni vieux français. Louis XVI.

199 — Reliquaire forme cœur, en argent repoussé, décoré des deux côtés d'arabesques de fleurs lobées. Époque Louis XIV.

200 — Saucière en argent uni.

201 — Moulin a poivre en argent guilloché et ciselé, décor à guirlandes et écussons, couronné par deux petits amours.

202 — Poivrier en argent, formé par une caricature humaine.

203 — Poivrier en argent, formé par un groupe allégorique : Homme à tête d'âne et petit diablotin.

204 — Deux petits hiboux en argent, formant salière et poivrier.

205 — Hibou dont le corps est formé par une dent de phoque ; la tête, les pattes et la queue en argent.

206 — Deux salières en argent, à bordures ciselées. Époque Louis XIV.

207 — Quatre salières en argent, modèle à consoles, groupe d'amours, écussons et guirlandes. Époque Louis XVI.

208 — Corbeille en cristal vert montée en argent.

209 — Petit service à liqueurs, composé de six petites timbales et d'un plateau en argent mat, de Linzeler.

210 — Grand plat ovale en argent, bordure à canneaux.

211 — Plat ovale en argent, même modèle.

212 — Plat rond en argent, même modèle.

213 — Plat oblong en argent, à bords festonnés.

214 — Plat rond en argent, même modèle, avec écusson.

215 — Deux plats ronds en argent, bordure guillochée.

216 — Plat creux et rond en argent uni.

217 — Très petit plateau présentoir ovale en argent, marli décoré d'une grecque.

218 — Douze belles assiettes en vermeil, décorées sur le bord d'arabesques à feuilles de vigne et raisins et de sujets allégoriques à la vie de Bacchus. Travail de gravure très fine et dessins réservés sur champ en blanc, avec armoiries en relief ciselées; bordure perlée. Travail anglais. (Pourra être divisé.)

219 — Deux plateaux argentés et gravés, avec bordures à ceps de vigne, en argent.

220 — Service de vingt-quatre couverts en argent, composé de grandes cuillères, grandes fourchettes, cuillères et fourchettes à entremets.

PIÈCE D'ATTENTE

221 — Meuble en bois sculpté, s'ouvrant à une porte, fond doré et quadrillé, avec grands ornements fleuronnés, posant sur une console surbaissée avec pieds à gros pilastres ornementés. Époque Louis XIII.

222 — Meuble à deux corps en bois sculpté, style xvie siècle, s'ouvrant à deux portes ornées de figures allégoriques au *Printemps* et à *l'Été*, avec deux tiroirs sur le devant, et supporté par des colonnes.

223 — Tenture murale composée de jolies tapisseries verdures.

224 — Commode du temps de Louis XVI, en marqueterie ornée de bronzes.

225 — Plats et assiettes en porcelaines et en faïences diverses. (Sera divisé.)

226 — Buste en marbre : Bonaparte jeune.

227 — Deux plaques ovales de Castelli, décor à sujets champêtres : Berger et Gardeuse d'oies avec leurs troupeaux. Cadre noir et or.

228 — Grande armoire en palissandre, s'ouvrant à trois portes garnies de glaces biseautées.

SERRE

229 — Statuette en bronze : Vénus accroupie.

230 — Deux vases en émail cloisonné.

231 — Deux tabourets en bois de fer, dessus en marbre.

232 — Jardinière en cuivre, à godrons. Époque Louis XIII.

233 — Grand vase en vieux Rouen, décor bleu sur blanc.

ESCALIER

234 — Grande tapisserie d'Aubusson dite verdure, avec palais chinois et grands volatiles.

235 — Autre tapisserie d'Aubusson dite verdure, avec volatiles.

236 — Grande tapisserie d'Aubusson de la même suite et, comme les précédentes, encadrée de bordures à fleurs.

237 — Portière en tapisserie, sujets champêtres à petits personnages encadrés de velours bleu garni de franges et de passementerie.

238 — Deux portières en velours bleu, ornées d'armoiries en broderie et en tapisserie, garnies de passementeries et relevées par des cordelières avec glands.

239 — Deux reliquaires portés par des statuettes de Mars en bois sculpté et doré, époque Louis XIV, posés sur des supports en bois et fer forgé du temps.

240 — Tapis de Smyrne pour quarante-cinq marches et six paliers.

241 — Lanterne en fer forgé. Style XVIe siècle.

242 — Lanterne d'applique en fer forgé, avec écusson. Style XVIe siècle.

PETIT SALON

243 — Très beau panneau en ancienne tapisserie, représentant un blason couronné par une armure de chevalier, encadré de guirlandes de fleurs se détachant sur un fond de draperie soulevée par des amours, avec cornes d'abondance dans le bas et colonnes enguirlandées de fleurs de chaque côté.

244 — Canapé en bois sculpté foncé de canne dorée, époque Louis XIV; dessus couvert de belles broderies de soie à fleurs sur fond maïs, avec deux coussins en broderie analogue.

245 — Bergère en bois sculpté, foncée de canne, époque Louis XIV, avec coussins en ancien brocart rose.

246 — Fauteuil en bois sculpté, foncé de canne, époque Louis XIV, avec coussin en étoffe ancienne, fond rouge à bouquets blancs.

247 — Petit fauteuil en bois sculpté, foncé de canne. Époque Louis XIV.

248 — Très beau bandeau en ancienne tapisserie de soie, représentant un vase chargé de fruits; des groupes de fruits de chaque côté et une guirlande de pampre et de raisins l'encadrant sur trois côtés. Époque Louis XIV.

249 — Deux très belles décorations de portes, composées de deux portières en broderie ancienne portugaise toute en soie multicolore, dessin à fleurs, rosaces et arabesques avec médaillons : aigles héraldiques au milieu.

250 — Bandeau de cheminée en tapisserie de la Renaissance, représentant un chasseur, des cariatides et des bosquets, avec bordure en peluche rouge aux deux extrémités.

251 — Deux belles cantonnières en ancienne tapisserie, représentant des trophées de chasse et champêtres, des guirlandes de fleurs et de fruits, composées chacune d'un bandeau et d'une pente.

252 — Écran en ancienne tapisserie au point et au petit point, représentant les Femmes de Darius implorant la clémence d'Alexandre ; encadrement à grands ornements.

253 — Très belle portière en satin de Chine jaune impérial, richement brodée d'une rosace au centre de guirlandes de fleurs et de feuillages, brodée de soie de différentes nuances relevée de paillettes d'or.

254 — Joli petit secrétaire en bois rose et marqueterie, s'ouvrant à deux portes dans le bas, orné de bronzes finement ciselés et dorés, dessus en marbre blanc avec galerie de cuivre. Époque Louis XVI.

255 — Jolie petite commode à deux tiroirs, de forme cintrée, en marqueterie de bois de luxe, avec poignées, cartouches de serrures, chutes et encadrements en bronze doré. Dessus en marbre brèche d'Alep, avec moulures saillantes suivant les contours du meuble. Époque Louis XV.

256 — Petit meuble s'ouvrant à deux portes, avec tablettes à l'intérieur, en marqueterie de citronnier, décor à trophées de musique en éventail. Époque Louis XVI.

257 — Petite table chiffonnière en bois rose et palissandre, encadrement en marqueterie. Époque Louis XVI.

258 — Joli petit meuble en marqueterie de bois, forme violon, avec glace à l'intérieur, s'ouvrant sur les côtés en forme d'éventails et à secret, dans le bas, à une porte, et, sur le devant, à un tiroir avec compartiments. Époque Louis XV.

259 — Commode à deux tiroirs, de forme cintrée, en marqueterie de bois rose et satiné ornée de bronze. Époque Louis XV.

260 — Deux coussins en brocart vert broché d'or.

261 — Grande soupière ovale avec couvercle et plateau en ancienne porcelaine de Saxe, décor dans le goût chinois.

262 — Belle pendule en ancienne porcelaine de Saxe, à rocailles, et sujet mythologique.

263 — Belle garniture de toilette en argent guilloché de Veyrat, composée de vingt pièces : deux cuvettes et pots à eau, un miroir sur chevalet, deux glaces à main, une boite à éponge à double fond, un bol, une timbale, une savonnière, une boite à brosse, deux boites à poudre, deux brosses de têtes, deux flacons carrés et deux candélabres à quatre lumières. (Pourra être divisé.)

264 — Vitrine à deux battants en bois d'acajou, ornée de bronzes et de cuivre. Style Louis XVI.

265 — Petit bureau à cylindre en acajou, dessus de marbre, orné de cuivre. Époque Louis XVI.

266 — Bas-relief en bronze : figure allégorique de la Source, de Jean Goujon, édition de Barbedienne.

267 — Groupe en terre cuite : Daphnis et Chloé.

268 — Très beau groupe en argent repoussé, représentant le Parnasse avec les Muses debout, en argent fondu et ciselé, œuvre intéressante signée de *Reubens* de *Bruges* et *datée 1789*. Monté en surtout sur terrassement en vermeil repoussé et quadrillé, garni de coquilles à bonbons tout autour et supporté par des dauphins. Cette dernière partie, travail de style Louis XVI.

269 — Paire de beaux flambeaux en bronze ciselé et doré, colonnes cannelées, avec guirlandes de lauriers et médaillons à bustes de personnages. Époque Louis XVI.

270 — Très belle garniture de trois vases : un grand de milieu et deux autres moins grands, en ancienne porcelaine de Chine de la famille verte, forme à pans avec couvercles, et riche décor à paysages, animaux et figures. (Qualité rare.)

271 — Deux vases de nuit en argent massif uni.

272 — Deux flambeaux en argent, décor à rocaille. Époque Louis XV.

273 — Petite écuelle avec couvercle et plateau en argent. Style Louis XV.

274 — Petite coupe à bijoux, forme rocaille, supportée par des branchages.

275 — Bonbonnière en or, gravée et guillochée. Époque fin Louis XVI.

276 — Bonbonnière en poudre d'écaille, avec jolie miniature : Portrait de femme, sur le couvercle.

277 — Paire de beaux candélabres Louis XVI, formés de vases en onyx rosé d'Égypte, montés en bronze doré, anses à feuillages, bouquets de roses à trois lumières.

278 — Deux gros chiens en vieux Saxe, posés sur des socles à coussins en bronze doré Louis XVI.

279 — Beau groupe en marbre blanc : *la Petite Fille aux colombes*. Monture en bronze doré.

280 — Deux cassolettes formées de vases en marbre blanc, montées en bronze. Style Louis XVI.

281 — Deux beaux bras d'appliques à trois lumières en bronze doré, à mascarons et rinceaux feuillagés. Style Louis XVI.

282 — Statuette en bronze : le Chanteur florentin, de Paul Dubois.

283 — Deux petits vases en bronze japonais, gravés.

284 — Petit cartel en bronze. Époque Louis XV.

285 — Petit vase en vieux Chine, décor paysage, monture en bronze.

286 — Très petit vase en vieux Chine, monture en bronze. Style Louis XVI.

287 — Miniature ovale sur ivoire : Portrait de femme coiffée d'une fanchon. Style Louis XV.

288 — Quatre petits médaillons ronds en vernis Martin, représentant des paysages animés de nombreuses figures, avec cadres en bronze de l'époque.

289 — Bijoux pendentif en or émaillé, enrichis de perles fines. xvie siècle.

290 — Miniature ronde : Portrait de femme. Époque de la Révolution.

291 — Miniature rectangulaire représentant Joseph et Madame Putiphar, par Klingstedt.

292 — Miniature ronde : *Triomphe de Flore.*

293 — Miniature ronde sur ivoire : Portrait de jeune femme coiffée d'un grand chapeau. École anglaise.

294 — Jolie glace biseautée, avec cadre en bois sculpté et doré, dessin branches de palmiers, fleurs et rocailles. Époque Louis XV.

295 — Joli miroir biseauté, avec cadre en bois sculpté et doré représentant des Enfants au milieu de gerbes de fleurs et de palmes enroulées.

296 — Statuette en terre cuite : le Réveil, de Comein.

297 — Jolie console-support en bois sculpté et doré, décorée de guirlandes de fleurs avec bandeaux à jour. Style Louis XVI.

298 — Cadre en velours rouge avec cinq jolies petites plaques en vieux Saxe, décor à sujets champêtres d'après Watteau.

299 — Statuette en marbre blanc : *la Plongeuse.*

300 — Petit thermomètre en bronze ciselé et doré. Style Louis XVI.

ÉVENTAILS

301 — Joli éventail à sujet de l'école de Watteau : les Divertissements champêtres : monture en nacre finement sculptée, rehaussée d'or. Style Louis XV.

302 — Bel éventail du temps de Louis XVI, feuille à trois médaillons : sujets inspirés de Huet, encadrés de fleurs : monture en ivoire sculpté et rehaussé d'or, à scènes allégoriques de l'époque.

303 — Joli éventail du temps de Louis XVI, feuille à trois médaillons : sujets Boucher, encadrements brodés à paillettes; monture en nacre sculptée et rehaussée d'or, à attributs de musique et figures.

304 — Éventail du temps de Louis XV, feuille à nombreux médaillons : scènes Watteau et paysages ; monture en ivoire finement sculpté, dessins rocailles rehaussés de peintures.

305 — Éventail de l'époque Louis XV, à sujets champêtres ; monture en nacre rehaussée d'or.

306 — Éventail en dentelle de Chantilly, dessin à fleurs et oiseaux ; monture en nacre sculptée à jour.

TABLEAUX & DESSINS

BOUCHER

(FRANÇOIS)

307 — **Femme nue couchée regardant des fleurs.**

Joli dessin rehaussé de couleurs.

Signé : *F. Boucher.*

WILLE

308 — **La Joueuse de mandoline.**

Dessin à la sanguine.

BOUCHER

309 — **Vénus accroupie.**

Dessin.

PILS

310 — **Étude de femme nue vue de dos.**

ÉCOLE FRANÇAISE

311 — **Les Amours guidant les amoureux vers le temple de l'hyménée.**

Joli dessin.

BOUCHER

(FRANÇOIS)

312 — **Nymphes et Amours.**

Dessin à la sanguine.

SAUNIER

313 — **La Chasse au marais.**

Aquarelle.

SAUNIER

314 — **Retour de chasse sur grande route, en forêt.**

Aquarelle.

SAUNIER

315 — **La Lavandière.**

Aquarelle.

DUMARESQ

316 — **Hussard sanglant son cheval.**

Aquarelle.

DUMARESQ

317 — **Le Lancier mort.**

Aquarelle.

GRAVURES

Baudouin (D'après).

Par MASSARD

318 — *Le Lever.*

Eisen (D'après Charles).

Par LE BEAU

319 — *La Vertu sous la garde de la Fidélité.*

Saint-Aubin (D'après).

Par SERGENT et GAUTHIER

320 — *L'Heureux Ménage.*

321 — *L'Heureuse Mère.*

Gravures en couleur.

Saint-Aubin (D'après).

Par SERGENT et FILIPAUX

322 — *La Sollicitude maternelle.*

Gravure en couleur.

Baudouin (D'après).

323 — *L'Éventail cassé* et *l'Amant écouté.*

Deux gravures en couleur.

Lawreince (D'après).

Par DEQUEVEAUVILLIER

324 — *Le Lever des ouvrières en modes.*

325 — *Le Coucher des ouvrières en modes.*

Fragonard (D'après).

Par REGNAULT

326 — *Le Baiser à la dérobée.*

École française.

327 — *La Vertu en danger.*

328 — *Les Sabots.*

Rigault (D'après).

329 — *Louis XV enfant.*

Audran (D'après).

330 — *Colbert.*

Boilly (D'après).

Par CHASSONNIER

331 — *L'Amant favorisé.*
Gravure en couleur.

Heillmann (D'après).

Par CHEVILLET

332 — *Le Bon Exemple.*

Mignard (D'après).

Par VERMEULEN

333 — *Portrait du marquis de Châteauneuf.*

Coypel (D'après).

Par DEVRET

334 — *Portrait d'Adrienne Lecouvreur.*

Baudouin (D'après).

Par REGNAULT

335 — *Le Bain.*

Pièce en couleur.

Couche.

336 — *L'Amour quêteur* et *l'Amour volage.*

Dans un même cadre.

Houin (D'après).

Par JANINET

337 — *Nina ou la Folle par amour.*

Pièce en couleur.

ÉTOFFES

338 — Beau bandeau de cheminée en velours de Gênes, fond jaune d'or à petits dessins rouges. xviie siècle.

339 — Joli tapis en ancien brocart bleu turquoise broché d'or, dessins à fleurs avec franges de soie bleue et blanche.

340 — Tapis carré en satin rouge, richement brodé à semis de fleurs en soie de toutes couleurs et de fin.

341 — Tapis carré en brocart vert broché d'or et d'argent, dessin à fleurs et grands ramages.

342 — Grand bandeau en soie rose pâle brochée d'argent, dessins à grands ramages, fleurs et feuillages. Époque Louis XIV.

343 — Tapis rectangulaire en velours rouge ciselé, dessin ton sur ton, encadré d'une guipure de Venise. Époque Louis XIV.

344 — Pente en dauphine couleur prune, dessins brochés à bouquets de fleurs et festons au cannetillé.

345 — Petit tapis en ancienne guipure.

346 — Petit tapis en guipure ancienne de Venise.

347 — Grand et beau couvre-pieds en guipure, riche dessin à ornements, figures, fleurs et feuillages.

348 — Étoffes anciennes pour draperies, écrans, coussins, en satin crème brodé à fleurs. Louis XIII.

DENTELLES

349 — Venise. Très beau bandeau point à la rose, dessin à grands enroulements feuillagés et fleurs. Travail ancien. — Long., 2 m.; haut., 35 cent.

350 — Venise. Jolie bande pour garniture, dessin très fin à arabesques feuillagées. Travail ancien. — Long., 1 m. 30 cent.

351 — Alençon. Quille dessin fin. — Long., 1 m. 15 cent.

352 — Guipure à crochet. Coupe de 8 m. 55 cent.

353 — Venise. Devant de corsage en guipure plate. Travail ancien. — Long., 2 m. 10 cent.

354 — Venise. Volant de guipure plate, ancienne. — Long., 3 m.

355 — Pise. Guipure pour garniture. — Long., 1 m. 10.

356 — Angleterre ancien. Jolie bande, dessin très fin à fleurs.

357 — Venise. Bande pour garniture. — Long., 2 m. 60 cent.

358 — Angleterre. Coupe de 4 m. 30 cent.

359 — Angleterre. Coupe de 2 m. 15 cent.

360 — Angleterre. Coupe de 1 m. 10 cent.

361 — Venise. Entredeux en guipure. — Long., 2 m. 75 cent.

362 — Angleterre. Coupe de 4 m.

363 — Point a l'aiguille. Volant, dessin à fleurs et feuillages. — Long., 7 mètres.

364 — Point a l'aiguille. Garniture. Dessin analogue, 1 m. 65 cent.

365 — Bruges. Écharpe, joli dessin.

366 — Bruges. Fin mouchoir.

367 — Application. Garniture, dessin Louis XVI. — Long., 1 m. 65 cent.

368 — Chantilly. Très beau volant à riche dessin. — Long., 5 m. 60 c.; haut., 1 m. 5 cent.

369 — Chantilly. Beau volant, dessin très fin. — Long., 4 m. 90 cent.; haut., 58 cent.

370 — Chantilly. Volant, dessin à fleurs très fin. — Long., 10 m. 80 c.; haut., 35 cent.

371 — Chantilly. Trois volants, dessins à fleurs mesurant ensemble 33 m. environ.

372 — Chantilly. Volant, dessin à fleurs. — Long., 12 m. 60 cent.

373 — Chantilly. Volant, dessin à fleurs. — Long., 8 m. 30 cent.

374 — Chantilly. Châle carré. — Long., 2 m.: larg., 2 m. 90 cent.

375 — Chantilly. Châle carré. — Long., 2 m. 30 cent.: larg., 2 m. 25 cent.

376 — Chantilly. Grand fichu garni d'un volant.

377 — Valenciennes. Très belle garniture de robe, en six coupes, dessin très fin, fleurs et palmes. — Long., environ 38 m.

378 — Valenciennes. Garniture, dessin à la Tulipe. — Long., 18 m. 80 c.

379 — Valenciennes. Réseaux ronds. Grandes garnitures de linge en huit coupes. — Long., environ 124 m.

380 — Valenciennes. Réseaux ronds. Garniture, dessins à fleurs. — Long., 25 m.

381 — Coupe de passementerie d'argent.

CHAMBRE A COUCHER

382 — Magnifique lit de milieu en bois sculpté, xvie siècle; le panneau de fond offre en haut-relief des cariatides de femmes ailées tenant des arabesques de feuillages et de fleurs : au-dessus, une balustrade couronnée par un fronton représentant, sous une couronne tenue par des amours, un médaillon à groupe d'enfants, et, de chaque côté, de grands enroulements feuillagés et des oiseaux. Le baldaquin carré, à moulures saillantes, est supporté par quatre colonnes torses autour desquelles se dessinent en haut-relief des rondes d'enfants, des écussons, des oiseaux et des guirlandes de chêne. Ces colonnes se terminent par d'élégants chapiteaux ornés de cariatides de femmes et de feuilles d'acanthe. Le bas du lit offre, sur les trois côtés, des médaillons avec cariatides de sirènes adossées à des vases côtelés et des arabesques feuillagées avec figures d'enfants et des écussons. Le tour du lit est formé de très beaux bandeaux en tapisserie représentant, sur le devant, un cartouche avec inscription, des guirlandes et des jetées de fleurs; sur les côtés, des grands oiseaux se détachant au milieu de guirlandes de fleurs et de fruits : l'intérieur est tout gainé et doublé de peluche bleue. Le lit pose sur une marche couverte en velours bleu.

383 — Très beau couvre-lit en ancien velours de Gênes, fond jaune d'or, grand dessin rouge, xvie siècle.

384 — Grand coussin long en peluche rouge, avec dessus en guipure de Venise, dessin à fleurs avec cœur en haut-relief.

385 — Deux superbes décorations de croisées, composées chacune de deux grands rideaux en peluche rouge, doublés de satin de même nuance et garnis de franges de soie assortie ; puis, de grandes cantonnières en ancienne tapisserie, représentant des amours domptant des animaux fantastiques, d'autres maîtrisant des satyres, des groupes de femmes et des hommes debout portant des couronnes de fleurs et de fruits, des amours lançant des traits ; garnies de fleurs multicolores.

(Ces cantonnières sont analogues à celles qui décorent la baie conduisant du salon à la salle à manger.

386 — Grande et belle portière en ancienne tapisserie, représentant un dieu et une déesse, assistés d'un petit bacchant et d'un amour avec une torche à la main, dans les jardins de l'Olympe. Bordure à guirlandes de fleurs et de fruits, animée d'oiseaux et enlacée d'arabesques, bordée de peluche rouge, garnie de grandes franges de passementerie, doublée de satin de même nuance et relevée par une grosse cordelière avec glands. 2200

387 — Très belle portière en ancienne tapisserie, représentant au milieu d'un parc, avec vue de château en perspective, un jeune prince aux genoux d'une jeune châtelaine, accompagnée d'une autre dame en riche costume rappelant les atours des déesses de l'Olympe, offrant une allégorie à la Déclaration d'amour. Bordure à écusson et ornements, garnie de peluche rouge et de franges et doublée de satin de même nuance. 995

388 — Grande et belle armoire en bois sculpté, s'ouvrant à deux portes sur le devant et à un battant sur chaque côté. Les battants de la façade présentent, au milieu de cartouches à coquilles et guirlandes avec mascarons, des têtes d'hommes et de femmes se détachant en ronde bosse. Au-dessus, se dessinent des masques fabuleux. Les encadrements de ces panneaux sont formés d'une suite de chainettes : les pans coupés, à colonnes plates et cannelées, surmontés de chapiteaux, sont ornés dans le bas de cariatides de femmes. Une frise à mascarons et arabesques décore le bandeau frontal. Le couronnement, très en saillie, est orné d'une suite de feuilles d'acanthe. Travail du XVIe siècle.

389 — Panneau de porte très finement sculpté en vieux chêne, : l'Arbre généalogique des amours. Composition de nombreuses figures au milieu de branchages fleuris où courent des animaux et voltigent des oiseaux. XVIe siècle.

390 — Coffre de mariage en bois sculpté, offrant sur le devant un écusson tenu par deux cariatides de centaures au milieu d'arabesques feuillagées. XVIe siècle. Il pose sur une console en bois noir, à colonnes torses enguirlandées de ceps de vigne.

391 — Très beau meuble-cabinet en bois d'ébène sculpté et gravé, offrant sur chaque battant, en bas-relief, des scènes mythologiques :

allégorie à la vie de Mars et Vénus assistés des amours. L'intérieur, d'aspect architectural, est disposé à nombreux tiroirs; le milieu s'ouvre à deux portes dissimulant une réserve en marqueterie de bois et à nombreux petits tiroirs. Il pose sur une console ornée d'applications de marbre, avec pieds à gros pilastres. Époque Louis XIII.

392 — Belle armoire en noyer finement sculpté, s'ouvrant à deux portes, décorée de mascarons se détachant sur des cartouches à compositions raphaélesques, ornée de colonnes cannelées au milieu et sur les côtés, avec bandeau frontal à trophées guerriers et têtes de lion séparées par des consoles à volutes. Travail de Drouard. Style Renaissance.

393 — Très belle commode de forme élégante et bombée, en bois de luxe satiné, décorée sur le devant et sur les côtés de fine marqueterie de bois naturel à festons formant des damiers, et au milieu d'un médaillon à bouquet de fleurs; avec montants, appliques et entrées de serrures en bronze doré à rocailles fleuronnées; dessus en marbre rose fleuri de Sicile. Époque Louis XV.

394 — Grand paravent à six feuilles en peluche rouge, avec dessin dans le goût de la Renaissance, gainé de peluche rouge et encadré de franges assorties.

395 — Petite table dite lansquenet, à sept pieds-colonnettes en bois de noyer, avec allonges adhérentes se développant aux extrémités; dessus en ancien brocart rouge broché d'or. Style XVIe siècle.

396 — Belle chaise longue, couverte en peluche rouge avec très larges bandes en ancienne tapisserie rappelant par son dessin celui des cantonnières, garnie de larges franges de soie chenillée.

397 — Coussin en ancienne tapisserie, doublé de peluche rouge.

398 — Chaise forme ottomane en velours noir, richement brodée dans le goût de la Renaissance. Travail de la maison Duval.

399 — Petite table forme rognon, en bois rose et palissandre, avec tiroirs sur le devant et sur les côtés, ornée de trophées, d'appliques en bronze doré; dessus en marbre rose veiné avec galerie de cuivre. Époque Louis XV.

400 — Écran en ancienne tapisserie, représentant un écusson au milieu d'une couronne de fleurs.

401 — Lambrequin en ancien velours de Gênes, fond blanc d'argent, dessin rouge.

402 — Bandeau de cheminée en broderie de la Renaissance, sur fond de velours rouge garni de franges.

403 — Deux chaises en bois de noyer sculpté, à dossiers carrés, surmontées de têtes de lions, couvertes en peluche rouge, avec bandes de tapisseries à figures, fleurs, fruits et oiseaux ; garnies de franges de soie assorties.

404 — Fauteuil en bois sculpté et doré, époque Louis XVI, couvert en ancienne tapisserie au petit point, dessins à feuillages.

405 — Jolie petite chaise en bois et pâte dorée, époque Louis XIV, couverte en soierie bleue lamée d'or.

406 — Grande et belle vasque en ancienne porcelaine de Chine; décor : poissons et fleurs en bleu et rouge de feu ; pièce rare, avec support forme fût de colonne en noyer sculpté.

407 — Grande et belle potiche en ancienne porcelaine du Japon, riche décor paysage polychrome à rehauts d'or avec couvercle dômé, couronné par un oiseau.

408 — Paire de grandes et belles potiches en ancienne faïence de Delft, avec couvercles couronnés de chimères, décor par compartiments en bleu sur blanc.

409 — Pendule religieuse en marqueterie, ornée de bronze doré. Style Louis XIII.

410 — Paire de girandoles en cuivre poli. Style Louis XIII.

411 — Deux landiers avec traverses en fer forgé, garnies de boules en cuivre poli. xvie siècle.

412 — Deux groupes en bronze : les Chevaux de Marly.

413 — Petite banquette en noyer finement sculpté, dessus en brocart.

414 — Buvard en ancien velours frappé vert, garni de galon d'or.

415 — Coffre de mariage en bois sculpté, à dos bombé, décor ornements. Époque Henri II.

416 — Deux jolis vases en jaspe de Sicile, montés en bronze ciselé et doré, à anses têtes de satyres. Style Louis XVI.

417 — Petit buste en bronze : *la Petite Frisette*, d'après Houdon, sur socle en marbre bleu turquin, avec monture en bronze doré. Style Louis XVI.

418 — Paire de jolis candélabres, formés de chimères, en vieux Chine ; monture rocaille en bronze ciselé et doré à trois lumières.

419 — Joli groupe en terre cuite de deux enfants, attribué à François Flamand ; monture en bronze doré.

420 — Joli petit tabouret en bois sculpté et doré, couvert en lampas broché à fleurs Louis XV.

421 — Belle bouteille de Chine, décor au dragon en rouge de fer sur fond nuages et flots de la mer en bleu ; riche monture en bronze doré à rocailles.

422 — Groupe de quatre figures en biscuit de Sèvres : *Pygmalion et Galathée*, d'après Falconnet ; monture en bronze doré. Style Louis XVI.

423 — Joli buste de femme coiffée d'un diadème, en ancienne faïence de Castelli, sur socle adhérent décoré de fleurs et de rocailles.

424 — Bouteille en vieux Delft, décor bleu sur blanc.

425 — Deux grands bols en vieux Delft, décor bleu sur blanc.

426 — Tableau en broderie du temps de Louis XIII, représentant saint Pierre en prière.

427 — Petit coffret à bijoux en argent repoussé, décor représentant, sur le devant, la Naissance de Vénus ; sur les côtés, des compositions

raphaélesques. Avec pieds formés de cariatides de sirènes ailées. Style Renaissance.

428 — Coupe ronde en argent repoussé, décor à rocaille. Époque Louis XV.

429 — Petite coupe ronde en argent repoussé, décor à arabesques. Époque Louis XIV.

430 — Gourde curieuse montée en argent repoussé et repercé. Travail ancien.

431 — Jolie petite tête d'enfant en terre cuite. Œuvre attribuée à François Flamand.

432 — Vidrecome en argent repoussé, dessins représentant des médailles et des arabesques. Époque Louis XIII.

433 — Coupe en vieux Chine, famille des Indes, décor à personnages et mosaïque clatrée rehaussée d'or. Monture en bronze à grands enroulements feuillagés.

434 — Paire de flambeaux en argent. Époque Louis XIV.

435 — Jolie soucoupe en vieux Saxe, décor à cartels de volatiles et de fleurs.

436 — Joli tableau russe en argent repoussé et doré, représentant une Annonciation. Les auréoles et ornements de costumes sont enrichis de pierreries. Travail ancien.

437 — Quatre tableaux russes en vermeil repoussé. Travail ancien.

438 — Cornet en ancienne faïence d'Urbino, décor à bustes de personnages et arabesques.

439 — Vase romain à deux anses, en cuivre rouge.

440 — Deux statuettes équestres en bronze : *Henri IV* et *Louis XIV*, en armures d'apparat et à cheval. Socles en marbre jaune de Sienne.

441 — Deux grandes et belles figurines en vieux Chelsea : Seigneur et châtelaine avec chien et mouton ; décor à rehauts d'or, terrassements à rocailles.

442 — Beau canard en vieux Saxe formant bonbonnier, monture en bronze doré à rocailles.

443 — Très belle figurine en vieux Saxe : Satyre sur un socle, orné d'une tête et de pattes de bouc ; décor rehaussé d'or.

444 — Joli groupe de deux figures de femme et d'homme ; allégories de fleuves en vieux Saxe.

445 — Grande et belle statuette en vieux Saxe : *la Danseuse*, en élégant costume, robe à bouquets de fleurs.

446 — Groupe en vieux Saxe : Jeune Nymphe assise sur les degrés d'une estrade.

447 — Joli groupe en vieux Saxe : *Berger à la cornemuse, avec son chien et son mouton.*

448 — Deux figurines en vieux Saxe : *la Marchande de gâteaux* et *le Marchand de volailles.*

449 — Figurine en vieux Saxe : *la Bouquetière.*

450 — Deux figurines en vieux Saxe : le Petit Horticulteur aux fleurs et la Petite Fille venant de cueillir des fleurs et en portant plein sa robe et un panier.

451 — Deux figurines en vieux Saxe . le Petit Marquis, tenant un bouquet à la main, et la Petite Bergère avec son mouton à ses pieds.

452 — Groupe en vieux Saxe : *Minerve et Hercule enfant.*

453 — Figurine en vieux Saxe : Petit Chinois en riche costume à fleurs, avec collerette ajourée formant porte-cure-dents.

454 — Six petites figurines en vieux Saxe : *les Amours travestis.*

455 — Deux petites figurines en vieux Saxe : *les Petites Filles au nid et au chevreau.*

456 — Figurine en vieux Saxe : *le Meunier, portant ses sacs de farine.*

457 — Figurine en vieux Saxe : *l'Astronomie.*

458 — Cinq très petites figurines en vieux Saxe : Paysans et Paysannes.

459 — Figurine en vieux Saxe : *le Petit Géomètre.*

460 — Figurine en ancien blanc de *Capo di Monte* : *l'Automne.*

461 — Figurine en vieux Saxe : Nymphe dansant.

462 — Brule-parfums en vieux Berlin, décor bouquets de fleurs avec anses à têtes de satyres et feuillages, rocailles à rehauts d'or.

463 — Assiette en vieux Saxe, décor à bouquets de fleurs, guirlandes, rinceaux et bordure truité bleu.

464 — Corbeille ronde à jour, en vieux Saxe, décor à fleurettes en relief.

465 — Plateau à deux anses, en vieux Saxe, décor à sujets champêtres et fleurs.

466 — Tasse et sa soucoupe, en Saxe, décor gros bleu rehaussé d'or, et médaillons à sujets champêtres.

467 — Jolie tasse et sa soucoupe, en vieux Saxe, décor représentant des ports de mer animés de nombreuses figures.

468 — Deux petits bols avec soucoupes en vieux Venise, décor à guirlandes de fleurs, bordures bleues à rehauts d'or.

469 — Tasse et soucoupe en vieux Saxe, décor à jetées de fleurs et oiseaux, avec bordures à quadrillé vert

470 — Tasse et soucoupe en vieux Saxe, décor fond vert d'eau, médaillons à sujets Watteau.

471 — Tasse et soucoupe en vieux Saxe, décor fond vert d'eau, médaillons à fleurs.

472 — Groupe de cinq figures mythologiques, en biscuit de Sèvres : Nymphes et déesses autour de l'autel de l'Amour.

473 — Pot a crème de vieux Sèvres, décor bleu turquoise à médaillons de fleurs, rehaussé d'or.

474 — Tasse et soucoupe de Saxe, époque Marcolini, décor à fleurs et rocailles.

475 — Tasse et soucoupe de Vienne, décor gros bleu à dessin très fin, rehaussé d'or.

476 — Deux jolies tasses et soucoupes de Vienne, décor fond lilas à rehauts d'or, avec médaillons à sujets mythologiques.

477 — Bourdalou en vieux Saxe, décor fleurs et insectes, avec branchages fleuris en relief, formant l'anse.

478 — Douze petits boutons de robe, en vieux Saxe, décor à fleurs.

479 — Deux soucoupes en vieux Saxe, décors variés.

480 — Boite en vieux Saxe, décor à fleurs, monture en or à charnière.

481 — Coupe-papier en or, manche en corail.

482 — Jolie petite bourse ornée de plaques en émail de Limoges : Portrait d'*Élisabeth d'Autriche* d'un côté, et d'ornements de l'autre.

483 — Objets non catalogués.

TABLEAUX

ÉCOLE HOLLANDAISE

(XVIe siècle)

184 — **Portrait de femme en robe noire.**

Avec collerette et parements de linge garnis de dentelles.

MENZLER

185 — **Joli portrait de petite fille noble.**

En riche costume national hongrois.

ÉCOLE VÉNITIENNE

(XVIe siècle)

186 — **Beau portrait de femme.**

En riche costume brodé d'or, corsage décolleté avec fraise en dentelle. Cadre en bois noir guilloché.

ÉCOLE FRANÇAISE

(XVIe siècle)

187 — **Portrait de femme.**

En riche costume de l'époque.

ÉCOLE FRANÇAISE

(XVIIIe siècle)

188 — **Portrait d'une actrice de la Comédie-Française.**

LIVRES

489 — Abrégé de l'Histoire romaine, orné de 49 estampes gravées en taille-douce avec le plus grand soin. *Paris, Nyon*, 1789, in-4°, veau écaille, tr. dor.

490 — Amours pastorales de Daphnis et de Chloé. *Paris, Didot l'aîné, l'an VIII*, pet. in-12, maroq. rouge, dent. int., tr. dor. (*Chambolle-Duru.*)

491 — **ANTIPHONARIUM,** in-8° de 125 feuillets, manuscrit du xve siècle, sur vélin, orné de 3 miniatures de la grandeur des pages, de 26 petites et d'un grand nombre de lettres et lettrines ornées, maroq. rouge, dos orné, dorure à le Le Gascon sur les plats, dent. int., tr. dor.

Les miniatures, d'une grande finesse de coloris, sont d'une conservation parfaite.

492 — **Balzac.** Les Contes drôlatiques, illustrations de G. Doré. *Paris, Garnier frères, s. d.*, in-8°, demi-rel., dos et coins maroq., tête dor., non rog.

493 — **Banville** (Th. de). Idylles prussiennes, Poésies. *Paris, Lemerre*, 1871, in-18, maroq. bleu, dos orné, dent., tr. dor.

494 — **Beaumarchais.** Le Barbier de Séville. *Paris, Lemerre*, 1872, in-18, maroq. orange, fil., dent., tr. dor.

495 — **Beaumarchais.** Le Mariage de Figaro. *Paris, Lemerre*, 1872, in-18, maroq. orange, fil. dent., tr. dor.

496 — **Benvenuto Cellini,** orfèvre, médailleur, sculpteur. Recherches sur sa vie, sur son œuvre et sur les pièces qui lui sont attribuées, par Eug. Plon, eaux-fortes de Émile Le Rat. *Paris, E. Plon*, 1883, in-4°, fig., demi-rel., dos et coins de maroq. rouge, tête dor., non rog.

497 — **Bernard** (Gentil). L'Art d'aimer (suivi de Phrosine et Mélidore). *Paris, Le Jay, s. d.*, in-8°, fig. d'Eisen, v. f. ant.

498 — **Bertin** (Le chevalier de). Poésies complètes. *Paris, Lemoine*, 1826, 2 vol. in-32, veau fauve, dos orné, fil., tr. dor.

499 — **Boileau-Despréaux.** Œuvres choisies. *Amsterdam (Paris, Cazin)*, 1777, 2 vol. pet. in-12, port., maroq. rouge, tr. dor. (*Rel. anc.*)

500 — **Bourassé** (L'abbé J. J.). La Touraine, histoire et monuments. *Tours, Mame et Cie*, 1855, in-folio, fig., maroq. rouge, dos orné, fil., dent. int., tr. dor. (*Petit.*

501 — **Bury-Palliser** (Mᵉ). Histoire de la dentelle, trad. par Mᵐᵉ la comtesse de Clermont-Tonnerre. *Paris, Didot, s. d.*, in-8°, fig., maroq. rouge, dos orné, fil., dent. int., tr. dor.

Rare.

502 — **CERVANTÈS**. Histoire de l'admirable Don Quichotte de la Manche, enrichie des belles figures en taille-douce dessinées de (*sic*) Coypel et gravées par Folkema et Fokke. *Amsterdam et Leipzig*, 1768, 8 vol. in-12, fig., maroq. rouge, dent. int., tr. dor. (*Allo.*)

503 — **Chénier** (M. J.). Œuvres choisies. *Paris, Bechet aîné*, 1826, in-32, v. f., dos orné, tr. dor.

504 — **Chevigné** (Comte de). Les Contes Rémois, dessins de E. Meissonier. *Paris, Académie des Bibliophiles*, 1868, in-8°, demi-rel., dos et coins de maroq. rouge, tête dor., n. rog.

505 — **CLASSIQUES FRANÇAIS**. Collection du Prince Impérial. *Paris, Plon*, 1863 *et années suivantes*. 43 vol. in-16, maroq. rouge, dos orné, fil., dent. int., tr. dor. (*Pourra être divisé.*)

Très bel exemplaire comprenant : 1° CORNEILLE. Œuvres. 12 vol. — 2° MOLIÈRE. Œuvres. 8 vol. — 3° RACINE. Œuvres. 8 vol. — 4° LA FONTAINE. Fables. 2 vol. — 5° BOILEAU. Œuvres. 5 vol. — 6° LA ROCHEFOUCAULD. 1 vol. — 7° LA BRUYÈRE. 3 vol. — 8° MASSILLON. 4 vol.

506 — **Crafty**. Paris à cheval, texte et dessins, préface par G. Droz. *Paris, Plon*, 1883, gr. in-8°, fig., cart., tr. dor.

507 — **Delavigne** (C.). Œuvres. *Bruxelles*, 1830, 3 vol. pet. in-12, maroq. chag. rouge, fil., tr. peigne.

508 — **DORAT. LES BAISERS**, précédés du Mois de Mai. *A La Haye, et se trouve à Paris, chez Lambert et Delalain*, 1770, in-8° réglé, front. et fig. d'Eisen, maroq. rouge, dos orné, fil., dent. int., tr. dor. (*Hardy-Mennil.*)

Exemplaire en grand papier.

509 — **DORAT. FABLES NOUVELLES**. *A La Haye, et se trouve à Paris chez Delalain*, 1773, 2 vol. in-8°, pap. de Hollande, front. et vignettes d'Eisen, maroq. vert, dos orné, large dentelle à la rose sur les plats, dent. int., tr. dor., étui.

Belles épreuves.

510 — **Dumas fils** (A.). Théâtre complet. *Paris, Michel Lévy frères*, 1869, 4 vol. in-12, demi-rel. maroq. bleu.

511 — **EMBLÈMES D'AMOUR**, d'Otto Vaenius. *Anvers*, 1608, pet. in-4° oblong, planches, rel. moderne en vélin blanc, armoiries sur les plats.

512 — **ESPAGNE**. Album de 64 photographies in-folio représentant les principaux monuments, courses de taureaux, etc., etc., en un vol. in-folio oblong, demi-rel. maroq.

513 — **Flammarion** (C.). L'Atmosphère, *Paris, Hachette et Cie*, 1872, gr. in-8°, fig., demi-rel. maroq. bleu.

514 — Galerie historique des portraits de la troupe de Voltaire, grav. à l'eau-forte par F. Hillemacher, texte par E. de Maune. *Lyon, Scheuring*, 1861, in-8°, couv. maroq. rouge, dos orné, fil., tr. dor.

515 — **Gresset**. Vert-Vert, suivi de la Chartreuse, etc. *Paris, Édition Mignardise*, 1855, in-64, maroq. rouge, dent. int., tr. dor.

516 — **Guérin** (V.). La Terre Sainte. Son histoire, ses souvenirs, ses sites, ses monuments. *Paris, Plon et Cie*, 1882, in-fol., fig., cart., non rog.

517 — **Guyot** (Dr J.). Bréviaire de l'Amour expérimental. *Paris*, 1882, in-32 broché.

518 — **Henry Havard**. Amsterdam et Venise. *Paris, Plon et Cie*, 1870, gr. in-8°, eaux-fortes de L. Flameng et Gaucherel, demi-rel., dos et coins de maroq. vert, tête dor., non rog.

519 — **HERCULANUM et POMPEI**, recueil général des peintures, bronzes, mosaïques, etc., découverts jusqu'à ce jour, et reproduits d'après tous les ouvrages publiés jusqu'à présent, ouvrage contenant près de 800 planches gravées par Roux, et accompagné d'un texte explicatif par Barré. *Paris, Didot et Cie*, 1870-72, 8 vol. gr. in-8°, fig.

Bel exemplaire contenant le Musée secret.

520 — **Hugo** (V.). Ruy-Blas. *Bruxelles, Laurent*, 1838, in-32, demi-rel. v. f.

521 — **Hugo** (V.). Les Feuilles d'Automne. Les Chants du Crépuscule. *Bruxelles, Laurent*, 1840-42, 2 vol. in-32, maroq. rouge, dent. int., tr. dor.

522 — **HUGO** (V.). Œuvres poétiques. Édition elzévirienne, ornements de Froment. *Paris, Hetzel et Cie*, 1869, 10 tomes en 7 vol. in-12, maroq. rouge, dos orné, fil., dent. int., tr. dor. (*Brany*.)

Bel exemplaire.

523 — **Jacquemart** (A.). Histoire de la Céramique. *Paris, Hachette et Cie*, 1873, in-8°, fig., chag. rouge, pl. toile, tr. dor.

524 — **Jean Sire de Joinville**. Histoire de saint Louis. *Paris, F. Didot et Cie*, 1874, gr. in-8°, demi-rel., dos et coins de maroq. rouge, tête dor., non rog.

Exemplaire en grand papier.

525 — **Lacroix** (P.). Les Arts au Moyen-Age et à l'époque de la Renaissance. *Paris, Didot et Cie*, 1873, gr. in-8°, fig. et chromolithog., maroq. rouge, dos orné, fil., dent. int., tr. dor.

526 — **Lacroix** (P.). Vie militaire et religieuse au Moyen-Age et à l'époque de la Renaissance. *Paris, Didot et Cie*, 1873, gr. in-8°, fig. et chromolithog., maroq. rouge, dos orné, fil., dent. int., tr. dor.

Premier tirage.

527 — **Lacroix** (P.). Mœurs, Usages et Costumes au Moyen-Age et à l'époque de la Renaissance. *Paris, Didot et Cie*, 1872, gr. in-8°, fig. et chromolithog., maroq. rouge, dos orné, fil., dent. int., tr. dor.

528 — **Lacroix** (P.). XVIIe siècle. Lettres, Sciences et Arts. *Paris, Didot et Cie*, 1882, gr. in-8°, fig. et chrom., chag. rouge, pl. toile, tr. dor.

529 — **Lacroix** (P.). XVIIIe siècle. Lettres, Sciences et Arts. France, 1700-1790. *Paris, Didot et Cie*, 1878, gr. in-8°, fig., chag. rouge, pl. toile, tr. dor.

530 — **Lacroix** (P.). XVIIIe siècle. Institutions, Usages et Costumes. France, 1700-1790. *Paris, Didot et Cie*, 1876, gr. in-8°, fig. et chromolithog., chag. rouge, pl. toile, tr. dor.

531 — **La Fontaine.** Fables. Illustrations de Grandville. *Paris, Garnier frères*, 1852, gr. in-8°, fig., chag. bleu, tr. dor.

532 — **La Fontaine**. Contes et Nouvelles en vers. *Amsterdam*, 1732, 2 tomes en un vol. in-12, fig. de Romain de Hooghe, vélin blanc.

533 — **Lamartine**. Recueillements poétiques. *Bruxelles, Laurent*, 1839, in-32, maroq. rouge, dent. int., tr. dor.

534 — **Latour** (Charlotte de). Le Langage des fleurs. *Paris, Audot*, 1833, in-18, fig. color., vélin blanc, n. rog.

535 — **Louvet de Couvray**. Les Aventures du chevalier de Faublas. *Bruxelles*, 1869, 4 vol. pet. in-8°, fig., demi-rel. maroq. rouge.

536 — **Meray** (Antony). La Vie au temps des Cours d'amour. *Paris, A. Claudin*, 1876, in-8°, demi-rel. maroq. rouge, tête dor., non rog.

537 — **Méry**. L'Arbitre des jeux, accompagné de petits poèmes historiques. *Paris, G. de Gonet*, 1847, in-32, veau fauve, fil., tr. dor.

538 — **Monnier** (Henry). Les Bas Fonds de la Société. *Paris, Claye*, 1867, in-8°, demi rel. maroq. La Vall., tête dor., non rog.

539 — **Musset** (A. de). Poésies et Poésies nouvelles, Contes et Nouvelles. *Paris, Charpentier,* 1867, 4 vol. in-12, demi-rel. v. fauve.

540 — Ornement des tissus, Recueil historique et pratique, par Dupont-Auberville, *Paris, Ducher et Cie*, 1877, in-folio, en carton. *Planches color.*

541 — **Perrault**. Contes des fées. *Lyon, Louis Perrin,* 1865, in-8°, portr. et vign. maroq. vert, dos orné, encad. de fil. courbés et mosaïque de maroq. rouge sur les plats, ornem. dor. aux angles, dent. int., tr. dor.

542 — **PETITOT**. Les Émaux de Petitot au Musée impérial du Louvre. Portraits de personnages historiques et de femmes célèbres du siècle de Louis XIV, gravés au burin par Céroni. *Paris, Blaisot,* 1862, 2 vol. in-4°, fig., demi-rel., dos et coins de maroq. rouge, tête dor., non rog.

Figures sur Chine, avant la lettre.

543 — **Piron**. Œuvres badines. *Paris, chez les marchands de nouveautés,* 1798, in-12, portraits, maroq. citron, dos orné, fil., tr. dor.

544 — **Quatrelles**. A coups de fusil, ouvrage illustré de 30 dessins originaux hors texte, par A. de Neuville. *Paris, G. Charpentier,* 1877, in-8°, cart., tr. dor.

Édition originale.

545 — **Rabelais**. Œuvres, nouvelle édition publiée par A. L. Sardou. *San Remo, Gay,* 1875, 3 vol. in-12, maroq. vert, dent. int., tr. dor.

546 — **RECUEIL DES MEILLEURS CONTES EN VERS** (par La Fontaine, Grécourt, Voltaire, etc.). *Londres, Paris, Cazin,* 1778, 4 vol. pet. in-12, portr. et vignettes de Duplessis-Bertaux, maroq. rouge, dos orné, fil., tr. dor. (*Rel. anc.*)

547 — **Regnier**. Œuvres. *Paris, Lemerre,* 1869, in-18, maroq. rouge, dos orné, fil., dent., tr. dor. (*Rel. Niédrée.*)

548 — **RELIURE ANCIENNE ET MODERNE** (la). Recueil de 116 planches de reliures artistiques, introduction par G. Brunet. *Paris, Daffis,* 1878, in-folio en carton.

549 — **Rousselet** (L.). L'Inde des Rajahs. *Paris, Hachette et Cie*, 1875, gr. in-4°, fig., demi-rel. chag., pl. toile, tr. dor.

550 — **Sainte-Beuve**. Galerie et Nouvelle Galerie des femmes célèbres. *Paris, Garnier frères,* 1872, 2 vol. gr. in-8°, portraits, demi-rel. chag. rouge, pl. toile, tr. dor.

551 — **Saulière** (A.). Les Leçons conjugales. — Histoires conjugales. *Paris, Dentu,*

1880-81, 2 vol. in-12, *eaux-fortes*, demi-rel., dos et coins de maroq. citron, tête dor., n. rog.

552 — **Sévigné** (Mme de). Lettres de Madame de Sévigné. Eaux-fortes de Foulquier. *Tours, Mame et fils*, 1871, gr. in-8°, maroq. rouge, jans., dent. int., tr. dor. (*David.*)

Exemplaire en grand papier.

553 — Souvenirs de la marquise de Créquy, de 1710 à 1803. *Paris, Garnier frères, s. d.*, 10 tomes en 5 vol. in-12, demi-rel. v. f.

554 — Souvenirs de Madame de Caylus, nouvelle édition, avec une introduction et des notes, par Ch. Asselineau. *Paris, Techener*, 1860, in-12, port. et fig., maroq. rouge, dos orné, fil., tr. dor.

555 — **Sterne** (L.). Voyage sentimental en France, six eaux-fortes par Ed. Hédouin. *Paris, Librairie des Bibliophiles*, 1875, in-12, demi-rel., dos et coins de maroq. vert, tête dor., n. rog.

556 — **TABLEAU DES PIPERIES DES FEMMES MONDAINES**, où par plusieurs histoires se voient les ruses et artifices dont elles se servent (1632). *Paris, Willem*, 1879, in-8°, en carton.

Exemplaire sur peau de vélin

557 — **Théophile**. Oeuvres. *Paris, chez Nicolas Pépingué*, 1632, in-12, maroq. rouge, dos orné, fil., dent. int., tr. dor. (*Hardy.*)

558 — Tracas (Le) de la Foire du Pré. Dialogue burlesque. *Rouen, chez L. Maurry, s. d.*, in-16, maroq. vert., fil., dent., tr. dor.

Exemplaire aux armes du comte de La Gondie.

559 — **Uzanne** (O.). La Guirlande de Julie. *Paris, Librairie des Bibliophiles*, 1875, pet. in-8° br.

560 — **LE VERGIER D'HONNEUR**, nouvellement imprimé à Paris, de l'entreprinse et voyage de Naples. Auquel est comprins comment le roy Charles huitiesme de ce nom à bannière desployée passa et repassa de iournée en iournée depuis Lyon iusques à Naples, et de Naples iusques à Lyon. Ensemble plusieurs aultres choses faictes et composées par reverend pere en dieu monsieur Octavien de Sainct Gelais, evesque dangoulesme et par maistre Andry de la Vigne secretaire de la Royne et de monsieur le duc de Savoye, avec aultres. *On les vend à Paris en la rue neuue nostre Dame, à l'enseigne de Sainct Jehan euangeliste.* Au dernier feuillet : *Cy fine le vergier d'honneur nouuellement imprimé à Paris, par Phelippe le Noir, libraire, et lung des deux grans relieurs iurez en luniversité de*

Paris, demourant en la grant rue Sainct Jacques, a leseigne de la Rose blanche couronnée (sans date). Pet. in-fol. goth. à 2 col. de 53 lign., fig. sur bois, ff. sign. A-X — A A III du second alphabet, par 6 ff. non chiffrés, maroq. bl., dent. int., tr. dor. (*Duru.*)

Bel exemplaire, grand de marges, d'une édition non citée dans le *Manuel du libraire.*

561 — **Vetault** (A.). Charlemagne. *Paris, A. Mame et Cie*, gr. in 8°, fig., demi-rel., dos et coins de maroq. rouge, tête dor., non rog.

562 — **Virgile.** Les Géorgiques, trad. en vers français par Delille. *Paris, Didot l'aîné*, 1782, pet. in-12, maroq. rouge, fil., tr. dor. (*Rel. anc.*)

563 — **Wallon** (H.). Jeanne d'Arc, édition illustrée d'après les monuments de l'art. *Paris, Didot et Cie*, 1876, gr. in-8°, fig., demi-rel., dos et coins de maroq. rouge, tête dor.

564 — **SOUS CE NUMÉRO**, on vendra environ 250 volumes : Revue des Deux-Mondes, 1870 à 1882 ; — Œuvres de V. Hugo, — G. Droz, — Alphonse Daudet, — Taine, — de Lescure, — Lord Byron, — Jules Verne, etc., etc.

www.ingramcontent.com/pod-product-compliance
Ingram Content Group UK Ltd.
Pitfield, Milton Keynes, MK11 3LW, UK
UKHW021644260726
13994UKWH00003B/1267